歌集

園丁

河田育子

紅書房

歌集『園丁』目次

カバー・扉デザイン画　公益財団法人　亀井温故館所蔵

歌集　『園丁』

人類の滅びしのちのま昼まを煙草くゆらすほどのしづけさ

巻春

春冷えの風鳴るよふけ顔あげていづこゆくらむ我の幻

全裸なる早春の木々の一樹にて白炎噴ける木蓮の体《たい》

ひともとの梅の老い樹は花つけてみごとに紅き篝火ともす

臘梅にしまし目蓋をつむれるが鋳われてをり鳥の呼ぶ声

飛び梅のほんたうらしきを想ひみる樹木の耳は人語にそよぎ

神籤《みくじ》ひく如月《きさらぎ》の日はまぶしくてわが尋ね人見つからぬとや

誰ももう住まなくなれる家在りてさかり咲くマグノリアステラッタ

蝶の頭《づ》の毛深くあれば掻くことをするやもしれず蜜吸ひしのち

雨水《うすい》とふ日は春の足音をひねもす聞きて飽かざる女雛

春雨にしづむ町あり見下ろせば水灯りなす夜の家々

水なかに樹木のあれば鰓に似て木の葉さやげる巡りて行かな

きさらぎの光研ぎたるしづかさに天をわたれる鳥船見えず

耳鳴りのかそかにつづく三月は体浮かびて路上に吹かる

銀河なる宇宙のほとり我は生ひ山の桜を仰ぎ見るかな

巻き上がり巻き上がりつつ空めざす糸杉の塀を持てる僧院

雲なかにわづかにあけるあな青く神の眼に似てわれを見おろす

なか空に声ばかりなる雲雀あがりわが誕生の日の来てゐたり

春寒《はるさむ》の風の鳴る音のさみしさは失ひしものあるやうに聞く

わが前に旧き道あり馬の背に塩乗せ運び山越え行きし

風落ちて杏の花の散りつづく　街道はづれてゆく人もなく

朝靄のなかを寄り来る鬣のかすかに濡れて湯気たつ仔馬

鼻面をそつと撫づれば獣なるその体温をわが手に伝ふ

高層のテラスに見ゆる白き腹ひるがへりゆく春の燕ら

花おそき春の暮れゆき我ひとり久遠の歳をただ取りしやう

巻夏

柿青葉人骨めいた枝にしてちろちろちろちろと芽吹きはじめぬ

巡礼の列まぎれゆく陽炎《かげろふ》のみどりなす野に顔見えぬまま

さ緑のこよりほどけるごとき芽のせまりて萌ゆる渓谷の橋

はつ夏の広瀬の淵に若鮎の虹色の腹しづかに透ける

寒狭川《かんさがは》のちひさき魚を皿に盛り帽子をぬげるひとりの夕餉

天にむけ指さしてゐるどくだみの蕊やはらかに群なしてをり

丑三つを独り占めして鳴く鳥はわたしの真夜を涼しうす

鳥もまた飢ゑてゐるのか紫陽花のほとりにちひさく声をあげ

雨だれの雨模様の窓をあけ見えるもの　アンブレラ　時々鳥

天のがは流れる空の川上におほき瀧あらばいとほし

おほ瑠璃の背なかを見たる夏の森父在りしのちひとり旅ゆく

髪どめの蝶の真白き少女ゐて風鈴売りにまとひつきたり

茅の輪するゐくぐる祓への朝の水汲める人あり古井《こゐ》の八幡《はちまん》

巨いなる鯨の白き腹見せて夏空を航く一頭の雲

ときどきは雀蜂寄るわが窓にその大き目をつくづく覗く

蟬時雨ふる世の人の心にも真昼の影の深き闇あり

潸々《さんさん》と雨降るなかを姫百合の少女らは生き水を担へり

オルメカや　蘭さまざまの息づかひ　密雲のした　密林の夢

生き物の声ほそりゆく夏の昼　天の川なるせせらぎを恋ひ

つがひ鴨帰らざる川夏つばき故郷への道失ひしまま

朝まだき眠れぬままに百日紅かすか匂ふを知れる夏更《ふ》け

くたびれたと疲れたとの差のあるやうなそんなサンダル並ぶベランダ

朝顔のちひさき姿出でてきてベランダにゐる花のひと世は

その重さわづかしのばせ落つる蟬青天井に腹をさらして

蟬ひとつ轢死体となり仰向くが腸《はらわた》のなき枯れ葉のごとし

朝顔の青も褪せぬに朝戸出の手にもつ携帯冷えびえとあり

絵師によりわづかにちがふ藍の色金の屏風に朝顔みだる

電線に鳴きまねをする鵯《ひよ》のゐて燕去りたる空深くなる

巻秋

帰らざる燕ひるがへる秋の空とほくへ透けてその数いつつ

コスモスの今年は遅れ咲きそろふ肺炎患者おほく出でたり

五月蠅くてならぬうじやうじや曼珠沙華ゐならぶなかに眼をひらくかな

鰯雲泳がざる日の空のいろ薄墨にして青き穴もつ

黒雲《くろくも》の濃淡見する空合ひのいづこに澄める十六夜の月

眠られぬ夜の空にも月わたり西の地平をしづかに照らす

膝に抱く五絃の琴のちひささよ　鯨線の音　風そよぐ葦

風の音を聴きつつをれば波のごと引きぎはありてその果て想ふ

秋の竹ふれあふ音やきしむ音我をのこして吹きすぎる風

いつの間に爪見る癖のついたるか　昔なりけり　野菊刈萱

ジェット機が白墨で描く空の画布だれのものでなく澄みわたる

リスボンの舟唄ひびく白き壁サフランの香よアマリア・ロドリゲス

公孫樹かな一億年の果たてよりここに来たれるひとひらの金

山深み紅葉狩せし昔びと鬼とすごせるしあはせを知る

かさなれる落ち葉のうへをゆく我は獣の重みまぎれざる音

落葉《らくえふ》にまぎれてゐたる羽一つ　雲の艦隊動かずにあり

小春日は空のどこかで呼ぶ声のするやうな気がして家《や》に籠る

語るべき言葉探して見つからぬわが秋の日は風の音を聴く

枯れ葦に乗つて風と揺れてゐる小鳥みたいがわたくしならば

雑踏のあいさつかはす頭上にも真洞《まほら》のごとくある秋の空

新しき眼鏡のむかう明晰な数式に似る白きビル群

おほき樹は燈明のごともえ落ちてぼうぼうと広がりおよぶ火炎なり

天空に浮かぶひとひら白き月地獄絵図にも描かれてをり

月光の雪とみまがふ砂の庭足くび濡らしゆくは誰《た》が人

見知らざる鳥一羽ゐてちよんちよんとわが前をゆく月光に濡れ

枯れ井戸の底に残れる砂粒のある夜の夢に湧く秋の水

巻冬

藤色の母の着物の肩にふる淡雪とほくなりしふるさと

ひねもすを風の音を聴きすごしやる北の瞽女《ごぜ》らは朝焼けを見ず

ちぎれ雲西風に乗り街道を飯田《いひだ》へ向かふ峠は雪か

門づけの唄をうたひて村をゆく瞽女《ごぜ》らの声も消えしはいづこ

断崖の気流に乗りていくつもの白き翼のひるがへる見ゆ

魚の歯を連ねたやうな氷柱《つらら》垂れもと帰還兵つぶやきをしつ

向ひ家《や》のシベリア帰りの老大工怒鳴りつつをり理解をされず

白夜なる暮れざる空のありどころ行軍の人歩みつづける

樹木らは真裸となり立つてゐる　深呼吸する肺までの霜

画用紙に雪原ありて果てしなく濁音の群進んで行きぬ

落下傘ふはりふはりと海月なす流れてゆけり空のまほろば

鳥墜つる氷点下四十度の雪原を遊びてゐたれマンモスの群

サーカスの仔象一頭逃げ出して行方不明のシベリア平原

マッチ擦り楽しげなりしかの少女過ぎゆきの風にたばしる霰

雪に消ゆる凹凸《あふとつ》あれば過去もまた童話のごとく白くつつめよ

子供らが飛火《とびひ》隠しにかぶる帽雪のかかりてほのかに白し

鉢植ゑをどければ守宮《やもり》うづくまる　真裸なればまた鉢を置く

ひとりごとずつと言ひつつ行く人も見あげてご覧よ彼方からくる雪

野にひらく苺の花の白ほどの雪の溜りてまたふりきたる

ひとりして酒呑みてゐる楽しさか友と呼ぶべき雪のおとづれ

いづこへか帰りたき思《も》ひゆらゆらといつの頃より去りがたくあり

柚子二つ浮いたる湯舟このままに凍てつく空へ漕ぎ出さむいざ

爪の筋を刻み重ねし歳月のゆくへ想へば海に降る雪

巻　世界

三葉虫化石のままにさらされて進化の寿命を教へてゐたり

ひつそりと鰐族生きて水をくぐる恐竜ののちの六千六百万年

掌の赤き跡あり洞窟に太古から来し篝火に似て

アフリカに人類の母ありしとふ孫子といへど争ひ止まず

ファシズムの恐怖をどこか伝へくる老ピアニスト「展覧会の絵」

のどかなる朝《あした》の路を突然に軍靴来たりぬ祝祭に似て

水搔きのある手を書きしカフカとふユダヤの人は幻を見ず

外部より覗けぬ袋流れ寄る　アウシュヴィッツとふ溺死体入れ

捕囚なる人々を乗せし貨車の列ぎしぎし揺れて失せし場所あり

ヒトラーを田舎者とふディートリッヒは毛皮のにあふ独逸女よ

逢魔がどき死者たちもまた渇くらむ逢うてののちに何求むなく

銀幕とふ死語ありぬ　細き腰しづかに揺らしゆくディートリッヒ

グレースがバスケットに頭《づ》をあづけその金髪のただにうるはし

ユトリロもルソーも描きし巴里の町その人ごとにちがふ町在り

巴里の町その洗濯屋をただならぬ暗闇こめて画きし祐三

巨大なる昆《むし》や虎への変身を嗤へぬ我らアウシュヴィッツ後

清朝の女人の髪の飾り物首たわむごと華美にして揺る

纏足のおぼつかなげに歩みゆくそを愛でたるを無残と思はず

上空で争ふ声す鳥どちいづれゆづらず風のまにまに

ダライラマ英語を喋りベンツに乗り亡命政府なすも苦しゐ

自治区とふ言葉の抜けがら公用の北京語響く高地チベット

地対空ミサイルに誤射されしのち飛行機は野に残骸と散る

繭のごと包まれし子は戦死者の一人なればや　言の葉出でず

幼稚園も爆撃されしウクライナ戦勝の日は半旗掲げよ

新しき帝国のさま拡がりぬいづれの艦にも星条旗揺れ

砂嵐はアラブの春の景色とふ少年兵のＩＳにゐて

自爆せしアラーの使徒の母たちの深き手の皺思ひやまずも

信仰と自由との距離測るとき闇を湛へるクレバスの見ゆ

雲の峰白くそびえて地雷なき青空の道遥かにつづく

マリの塔おとぎ話のやうなるがマリより来たるテロリストらは

日本の路地にうす雪こほる午後アルジェの砂漠五十度を超す

全方向に視界ひらける砂漠には隠れる場すらなきが悲しき

「企業戦士」その比喩ならぬさまを知り献花つづける人々の群

老ゆる母嘆くを映すに握力のなきわが手のひらの薄さを見つむ

暁闇の街路に叫ぶ青葉梟《あをばづく》　世界でテロが止まないどうする

争ひのほんたうのわけがわからない神無しの月地球儀まはす

怪物を見つめつづけて自らが怪物となる人のこころは

人間が人間になす暴虐を知るためにこそあれ歴史学

巻　日本

遺跡名シャチノミジュリンナ不思議にも酒呑童子の遠縁といふ

いづくより集ひ渡りし民ならむシベリア石器を残してゐたり

縄文の土器をつくれる女人らはいかに歌ひて土をこねしか

うつすらと眠るがごとき顔ありて縄文の石洗はれてをり

いにしへのやまとの王子ら罪なきが咎のみ受けて縊られ終はる

滅ぼされかつ滅ぼしていにしへの王ら五千の古墳に眠る

玄室のうちに降る朱《あけ》みづがねの鮮やかなまま眠り居たまふ

思ひ出は翳りなきかなうつつ世を離れしものは何も楽しげ

息の緒のつづく限りの笛の音の　平家の公達《きんだち》落ちて行く声

化粧して首刎ねられしもののふも都びとらの慰みなりき

芳一の耳持ち去りし落ち武者のその名知られず死霊とのみぞ

鳥の目にも眩しくあらむ塔の見え鮫白のかべ聳えつづけり

青海原浮かべてしづかなる地球　後鳥羽上皇眠りたまへよ

伊良湖崎芭蕉の弟子の幾人か尋常ならざる死をとげてをり

江戸の句の並んで掛かる廃堂に四肢のほどけし観音のゐて

旦那衆よほど粋なり草のほか何も描かせぬ屏風一双

日照り空一つ遠山《とほやま》黒々と塚立つごとし昭和二十年

言葉づら歌詞を装ふ戦陣訓帰るべき兵封殺せしむ

玉砕を強ひられたりし島の兵その一人なる折口春洋

甲高き沼空の声とどかざる　歌の無力が戦後の一歩

満洲の国の境に八万の大日本《やまと》帝国の民は見殺されけり

戦ひに連れて行かれし軍馬らは無名なるまま歴史に埋もる

墓石のあつめられたるひとところ集うてをりぬ無縁仏ら

大陸で鬼子《きし》と呼ばれし日本兵　中国人が忘れるものか

広島の爆心地近く少年は横たふ母に叱られ逃げき

たらちねの母の言葉にしたがひて逃げし少年の老いて語れる

月の出とともに花火はうちあがる地獄のうへのいくつもの蓮

怨霊の鎮まるなかれ代々をへて言ひたきことを今につたへよ

震災の影なき歌を詠まむとし　余震ありとのメール受く

フクシマののち海月なし漂へる列島は白木綿《しらゆふ》花寄す波のうへ

いづこへか原発ジプシー去りぬとふ汚染気にせず働きしのち

小鳥あらばつぶてのやうに飛んで来い無力なる吾《あ》の胸を撃つために

ひとけなき汚染地区には家畜らがさまよひ行かむ桜咲くした

廃屋にほのかに埃ただようて炎のやうに叢立つ木目

セシウムやストロンチウムの量測り夏至を迎へるホモサピエンス

脳天ふあいらあのふあいらあとは何ものならむ知らざる久し

乳飲み子の匂ひ残せるエレベーター被曝といふをふとも思ほゆ

嬰児はやちひさき鼻腔をひろげ吸ふ大気の底まで清くこそあれ

子供らの聖夜を祝ふ声はしてフクシマの除染終はらざる

地下鉄の駅のあひだにともる灯のほのめくあたり無人都市在り

地を歩く犬と人とを乗せたままエレベーターは昇り来たりぬ

鄙びたる町は村よりなほさびし昼間にともるシアタァの文字

解体の途中のビルを空爆のやうとふ人らベビーカー押して

スクリーン、闘ふばかりの人のゐて弱き人らは瞬時に消える

ひと言でいふのが流行るこの時代　いつそ無言でゐるがいい

臍の緒をつけたるままの赤ちやんが蛭子《ひるこ》のやうに捨てられた川

月光浴してゐる蜥蜴みたいだね　冷たく濡れて眼をつむつてる

子を喰らふ者を描きしゴヤなれど絵は音たてず臭ひもたざる

ほんたうの父さんや母さんが一人子を殺したあとも食事をしてる

ぢりぢりと焼かれるごとき瞋恚湧く児童虐待の事件聞くたび

首飾りほどきしのちの軽やかさ前世の吾子《あこ》は重たかりしか

梁の上哭き声たてる化け物が自分であつたと気づくのはいつ

山犬と呼ばれしものの亡骸を馬挽き行かばうたふ馬子唄

孵らざるままのたまごの野にあらば未生の子らの親鳥いづこ

発砲と発砲の間に声をあげ子供ら競走《きそ》ふ予行演習たけなは

赤玉と白玉の数かぞへたる子供らの声し　数を信ずる

家出せぬ娘息子の親殺し間引きの闇の逆さ影なる

家といふ檻なかに住む獣ゐて人を襲へることのしぜんさ

童なる形のものら笑ひつつほそき草道蜘蛛の子散らす

巻人

民宿に猫をらぬこと五たび言ひなほ言ひたげな父の手震ふ

海軍と陸軍の敬礼は違ふとふ父の記憶に浮かぶ南島

今もまた自分の年齢《とし》をまちがへて父は言ふ、長生きしすぎたなあ

老い眼鏡いつも探せるわが父の薬の嵩は増えゆくばかり

カタカナの並べる薬多く持ちやや途方にくれた感じの父在り

耳腔にゐるちひさなちひさな秋の虫老い深めつつ鳴きつづくとふ

石亀は礫のごとく岩にゐて陽の移ろふに位置を変へたり

車椅子押して空中庭園を父とまはれば猿《さ》投《なげ》山《やま》見ゆ、死んでたまるか

老い母の蝕の月への熱狂を他人事《ひとごと》として老い父は寝る

病む父とつまらぬ話をすることが母はうれしく父は楽しき

高層の窓より見ゆる夏の雲父は西瓜を禁じられたり

管状のもので繫がれわが父は雛鳥のごと守られてをり

病む頭抱へて生きるかの窓をあければそこに白鳥のゐよ

蜚蠊《ゴキブリ》を修羅のごとくに叩きつぶすわが母上はありがたきかな

皇室の報道楽しむ母はまた何もかも嘘ヤと言ふ戦中派

寒の水飲みて死にける祖父の句を諳《そら》んじてをり母とはらから

砂場にていつも遊びし妹のおでこの日焼けなつかしかりし

アーヤヤと家鴨を呼びし子供らも十五の春の風花のなか

犬の頭《づ》と少年の頭《づ》の撫でぐあひ似かよふものか動かずにゐる

漬け鰤の茶づけを食みて微笑める十八歳《じふはち》の子らあどけなくをり

吾《あ》のためにお百度踏みし叔母の居るホームへの道たづねたづね往く

そのかみの道楽翁の茶室はも檳榔樹の葉を編めるくぐり戸

虫かごのやうな秘密の小部屋にてともる火のいろいつか恐ろし

殺し屋の末路さびしき物語　知られざるその末路多かり

血を吐けど酒を呑むのがやめられぬ人に借りこし画集を見つむ

一助と太助の二人旅に出てあてどなきまま旅に暮らさむ

巻神

血の臭ひたゆたはせゆく蛭子神《ひるこがみ》　大鰐鮫は上目づかひす

遠目なる水面に浮かぶ獣あり底からゆけば白き腹見ゆ

海原の沖は青さまされるを鷗どもさへ逐うては来ざる

葦舟によせてはかへすさざ波の音のみ聞いてうつつ漂ふ

葦舟の細きからだに横たはるなほほそき神かすか声あぐ

流されし神といへども葦舟に護られたるを民は掬ひき

潮風に吹かれ渇ける蛭子神《ひるこがみ》　岬井《みさきゐ》の水命うるほす

巻私 I

民族は母語そのものとおもふ時したたる蜜に底苦さあり

武具に似る竹簡の文房具　ああかくて人は詩歌と闘ひ抜く

血を吐けどしんとしづかな朝のこと言葉失する空の青さか

数へたる羊の一つが夢に来てわが生ひ立ちをたづねたりする

人形をひたすら洗ふ幼年のわれに巣くひし潔癖やまひ

われをみてかぼそく鳴ける山羊の居て山裾の村人の気もなく

雲の影むかうの森にとどまるを爪嚙む癖の少女見てをり

足裏で枝をつかみて木に座る少女のあれどその顔見えず

セロファンのブルーを張つた水族館夏の終はりの宿題として

家なき娘鱸《こ》を釣りてひとり喰ふ仏蘭西のよき物語かな

夕焼けの地平より来る竜巻のその謐けさは夢のなかなる

とはに笑むテディベアはも歯も牙もみなしまはれて夜ふけを座る

蠶棚在りし二階の天窓はいつも星が流れてゐたやうな

お蠶に似てゐるねえと母と言ふキャラメルコーン掌《て》にかろきかな

つまみあるオルガン置ける講堂を窓よりのぞく過去のわたくし

影溜まる赤いポストのこちらがは両手をぷらんと下げて吾《あ》がゐる

かたはうの瞳閉ざして見る時の教室の窓檻のごとしよ

校庭の裏を走れる車輌ありて翼見えざる誰かを乗せし

すり硝子半分割れたむかうには森の切れ端林道も見ゆ

初めての歩みのごとき抱擁をなしてふたたび会はずよ青春

一本《ひともと》の樹の思ひ出にささへられ葉音さやぎて空ひろがりぬ

汲みきたる岩間の水で茶を淹れる今朝は一畳広きわが家か

陽を浴びて赤く透けたる猫の耳ヒトからみれば長閑《のどか》なる穴

身体に穴あることをおもふとき融通無碍に風吹きとほれ

捨て捨てて虚ろとなりて生き生かば　からころからと下駄鳴らさばや

おおおい、呼ばうとしたら転んでしまひ、いつまでもいつまでも転んでゐる

へえーつと仰天したらひつくりかへり裏返つて人間扱ひされなかつた

眼鏡なる片がは曇るひとところそこだけやさしジュラルミンケース

マラソンの女子選手の涎垂らすにつと感動す　思ひよらざり

恐ろしきをろちやみづち　槌の子はどこか長閑《のどか》に転がりをらむ

つくづくと自らの影ながめたり祖父母はともに還暦を知らず

入れし名の智といふ文字の人は逝き絵皿の千鳥さまよひつづく

水鳥の冷たき湖《うみ》を掻く脚は見えざるものを浮きすすみゆく

知らぬ間に卵のやうに暖めた携帯電話のたてる鈴の音

朝戸出に見る朝顔の咲かざるが失せものありて探すさびしさ

緑なす川面にひとつ朽ち木出でまぎれざること苦しみに似る

蜩の遠世から来て鳴くごとしゆふべ水辺に足浸しをり

彫り師とふあるいは面打ちとふことの来世にやりたき仕事である

巻　私Ⅱ

冬の日のつれづれにして独りごと時につぶやき鏡をあける

鏡覆ひを開けておくからひらひらひらと映つてしまふ今は亡きもの

若かりし恋びとの腕はそのままにわが両肩は細うなりくる

君の名を呼べるとしたら後《のち》の世の息やはらかな初雪の朝

歌あれば相聞の時われにあり冬野の暮れに出会ふ花かな

桜草の野にてんてんとひらくころ探しにゆかむ前《さき》の世の恋

君と会ふ橋のほとりのさびしさはいづれの水の夕暮れならむ

ほほゑみのひらめきに似てかすめたる君の片頬春雨に濡れ

つつみなく告げむとすれば哀願のひびきともなふ恋なさけなき

アイリッシュに惹かれるわれの前世を問へど答へぬ水仙ひとつ

わたくしの体ひとつの影の国　恋路《こひぢ》が浜は潮騒はてず

君とゐて春の潮《うしほ》を聞くやうな心地満たして酒酌みかはす

天体の丸みしづかに見せながらま昼間の月浜に浮かびぬ

よしゑやしわがおもひ人旅だてる白木綿《しらゆふ》波たつ海果ての地へ
はるかなる君はひとりの窓をあけわれを想ふや月の出のころ

なにゆゑか足音のせぬ靴で行く自殺者ふうのわたくしの影

サウルスとふ語尾もつ類の跋扈せし地上を想《も》へばわづか慰む

今よりもずつと酸素の薄かりしジュラ紀のころの恐竜の声

きざはしを一つ一つと降りてゆく魚ら歌へる水面のしたへ

人なる身にそはぬ魂もてあまし鰐鮫あそぶ海境《うなさか》を恋ふ

月かなふ海に帆をあげゆくごとし　静《しづ》泳ぐとき吾《あ》に背鰭立つ

水底ゆ光れる帯の揺らめける海のおもてを見れば吾《あ》も魚

ながき髪玉藻なすそを泳がせていつしか鱶となりたるひとり

深海《ふかうみ》の鮫を誘《おび》きて砂浜に乗せれば死にぬおぼれるごとし

泳ぎゆく体のうちの肺二つふくらみ浮きつ青海のうへ

深呼吸一つをし終へおほいなるうしほ噴きつつ海原をゆけ

海のへを浮かびゆく吾《あ》はゆく先もままならざるが吾《あ》が夢のうち

碧空《へきくう》の底ひに凝らす眼のうちら流れる星のいくつ見えくる

地に在るに星屑を数ふ　砂粒を読むがごとき空《むな》すがすがしさか

地に影ありて離れざるのを知らぬ日の　雲翳りさすに消ゆるよ

ひとときのこの世はなるる旅欲りて歌をよむことうつつ世のこと

クレーターのそこより仰ぐ地球《テラ》の出のしづかに白く咲く月下香

『園丁』附語

　まず、本歌集を亡き武川忠一先生のみ魂に捧げたいと思います。そして、これをご覧の先生はあの世で「あなたは、だいたいやることが遅いんだよ」と、高く笑いながらよくとおる声でおっしゃるような気がします。そこには、いくぶん苦笑いも混じっていることでしょう。本当に遅くなって申しわけありません。

　歌集を手に取って読んでくださる方々には、この附語は無用のものかもしれません。本体も巧みとは言えぬものですが、お読みいただければ幸いです。

　さてここからは、歌集を出すのが遅くなってしまった言い訳です。

私は、長い間自分の歌の方向がまったくわかりませんでした。幼いころ、母方の祖母や父が百人一首や中世の和歌を口遊んだりしていましたが、私自身は格別歌に関心があったわけではありません。けれども、大学に入ってから、いろいろ読んでいくなかで、『新古今和歌集』に出会いました。特に、後京極摂政太政大臣藤原良経の歌に強く惹かれ、彼の私家集『秋篠月清集』を、コピーを取らずに写本したほどでした。『新古今和歌集』の泰斗であった藤平春男先生に学び、平安朝の和歌に強い魅力を感じました。しかしその時はまだ、自分で歌を詠もうとは思っていませんでした。たぶん、いわゆる和歌と短歌との距離に足がすくんでいたんだと思います。

それからしばらく後のこと。武川先生が音短歌会を立ち上げられた際、大学時代の同級生である内藤明君に入会をすすめられました。内藤君がいなければ、あるいは、歌を詠むという道を行かなかったかもしれません。武川先生には、とにかく歌を詠み続けるようにと言われました。それで、短歌らしきものを詠もうとしましたが、ものすごく違和感があるのです。その違和感が、自分の親しんでいる和歌と、近代以降の短歌の世界との差異から発していることはわかっていたので、ずっと途方にくれた感じで、この途方にくれた感じは長く長く続きました。それなのに歌が手放せなかった最大の理由はいたって単純で、いつのまにか歌がないと生きていけないような気になっていたせいでしたが、とにかく呆れるほど苦しまぎれの歌をながながと詠み続けてきましたら、ある時から、すこうしだけ自分にとって違和感を覚えなくてすむ歌ができるように感じました。むろん、これはあくまでも自分の感覚に過ぎません。

いずれにしろ、そんな感覚の歌が三百首あまり手もとにたまったので、このたび歌集を編んでみました。歌集名の『園丁』は、歌の園《その》に自分も入り、そこで草を刈ったりせめて小さな苗を植えたりする程度のことはしたいと願ってつけました。囗《かこい》のなかには、千五百年ほどの間に育ち残ってきた歌の言の葉がさまざまに繁茂して有る……。敢えて「歌の囿《その》」と書いたのは、確かに歌が有るということ、その上で、歌の形式を囗《かこい》のように思うからです。そしてこの囗《かこい》は、私の小さな人生をはるかに超えた堅固なものだと今は思っています。

　それにしても途方に暮れながらもここまで歌に関わってこられたのは、武川先生はむろんのこと、本歌集の草稿もまず読んでくれた内藤君、そして、お世話になっている音短歌会の皆様のおかげです。音短歌会の方々がいらっしゃらなければ、とても続けてこられませんでした。今もこれを書きながら、内藤君や、玉井清弘さん、俵谷晴子さんをはじめとする音短歌会の方々のお顔を思い浮かべています、ありがとうございました。それから、辛抱づよく歌集や歌論、詩集をおくってきてくださった方々、どんなに刺激になったかわかりません。心よりお礼を申し上げます。また、栞に文章を寄せていただいた花山多佳子さん、穂村弘さん、そして内藤明君、皆さんお忙しい中本当にありがとうございました。御文を賜われたこと、とても幸せに感じております。そして出版を引き受けてくださった紅書房の菊池洋子さん、装丁を担当してくださった木幡朋介さんにもお世話になりましたこと、幾重にもお礼申し上げます。大学時代藤平先生のもと、三人で一緒に学び、それ以後も何かにつけ励みになってくれている、「心の花」の佐佐木朋子さんと「音」の中嶋葉子さんにも、謝意を表します。二人の友情は私にとってかけがえのないものです。末尾に私の親族にもひとこと、ありがとう。

河田育子

略歴

一九五四年　京都府生まれ。

一九七七年　早稲田大学第一文学部卒業。

一九八二年　「音」創刊に参加。

著書『詩の鉱脈』、共著『新古今和歌集を学ぶ人のために』

現代歌人協会会員・日本文藝家協会会員

歌集　園丁（音叢書）奥附

著者　河田育子＊装幀　木幡朋介＊発行日　二〇一八年四月一〇日　初版

発行者　菊池洋子＊印刷所　明和印刷／ウエダ印刷＊製本所　新里製本

発行所　〒一七〇-〇〇一三　東京都豊島区東池袋五-五二-四-三〇三

紅（べに）書房　info@beni-shobo.com　http://beni-shobo.com

電話　〇三（三九八三）三八四八

ＦＡＸ　〇三（三九八三）五〇〇四

振替　〇〇一二〇-三-三五九八五

落丁・乱丁はお取換します

ISBN978-4-89381-327-5

Printed in Japan, 2018